Vente du Lundi 16 Février 1874.

SALLE N° 8.

JOLIE COLLECTION

DE

FAÏENCES ITALIENNES

ÉTOFFES — TAPISSERIES

OBJETS D'ART

EXPOSITIONS:

PARTICULIÈRE	PUBLIQUE
Le Samedi 14 Février 1874	Le Dimanche 15 Février 1874

Me CHARLES PILLET,	M. CHARLES MANNHEIM,
COMMISSAIRE-PRISEUR :	EXPERT :
10, rue Grange-Batelière.	7, rue Saint-Georges.

CATALOGUE

D'UNE JOLIE COLLECTION

DE

FAÏENCES ITALIENNES

DES FABRIQUES DE

Gubbio, Urbino, Faenza, Pesaro, Deruta, La Frata, Siculo-arabe,
Hispano-Mauresque, Castel-Durante, Castelli, et autres ;

Vitraux ; Beau Plat Vénitien en cuivre gravé ;
Manuscrit du XV⁰ siècle ; Orfévrerie ; Bronzes d'art ; Jolie Bibliothèque
en marqueterie ; Objets variés.

BELLES ÉTOFFES & TAPISSERIES

DES XVIᵉ ET XVIIᵉ SIÈCLES.

DONT LA VENTE AURA LIEU

HOTEL DROUOT, Salle n° 8

Le Lundi 16 Février 1874.

A deux heures.

Par le ministère de Mᵉ CHARLES PILLET, Commissaire-Priseur,
10, rue de la Grange-Batelière,

Assisté de M. CHARLES MANNHEIM, Expert, 7, rue Saint-Georges,
Chez lesquels se trouve le présent Catalogue.

EXPOSITIONS

PARTICULIÈRE : le Samedi 14 Février 1874.
PUBLIQUE : le Dimanche 15 Février 1874.

DE UNE HEURE A CINQ HEURES.

CONDITIONS DE LA VENTE

Elle sera faite au comptant.

Les acquéreurs paieront *cinq pour cent* en sus du prix des adjudications.

L'exposition mettant le public à même de se rendre compte de l'état des objets, il ne sera admis aucune réclamation une fois l'adjudication prononcée.

Paris. — Impr. PILLET fils aîné, rue des Grands-Augustins, 5.

DÉSIGNATION DES OBJETS

FAIENCES ITALIENNES

1 — FABRIQUE DE GUBBIO. — Jolie coupe ronde à feuilles en relief et à décor à reflets métalliques rouges et mordorés. Elle offre, au centre, deux mains enlacées surmontées d'une couronne. Collection Chevandier de Valdrôme.

2 — MÊME FABRIQUE. — Plat rond à décor à reflets métalliques rouges et bleu nacré. Le centre offre une figure d'Amour sautant à la corde, et le bord, des animaux fantastiques à têtes humaines sur fond bleu. Cadre en bois sculpté et doré. Collection Chevandier de Valdrôme.

3 — MÊME FABRIQUE. — Petit plat rond et creux à décor à reflets métalliques rouge rubis et bleu nacré. Il offre au centre la lettre V, et au bord, des ornements et des rayons.

4 — FABRIQUE D'URBINO. — Joli plat rond et creux, à large bord, par FRA XANTO. Il représente un sujet tiré

des Métamorphoses d'Ovide et porte, au centre, un écusson aux armes des Puzzi. On lit au revers l'indication du sujet, la date de 1532 et la signature de l'artiste : FRA : XANTO DA ROVIGO IN URBINO.

5 — MÊME FABRIQUE. — Plat rond décoré d'un sujet mythologique composé de six figures dans un paysage. Belle qualité.

6 — MÊME FABRIQUE. — Belle coupe ronde représentant un sujet tiré de l'Histoire romaine; composition de huit figures dans un paysage.

7 — MÊME FABRIQUE. — Plat rond représentant divers travaux d'Hercule.

8 — MÊME FABRIQUE. — Coupe ronde sur pied bas représentant une scène tirée de l'histoire de Scipion l'Africain.

9 — MÊME FABRIQUE. — Coupe ronde sur pieds bas représentant Persée délivrant Andromède. Belle qualité.

10 — MÊME FABRIQUE. — Grande coupe ronde et surbaissée, représentant le Triomphe de Vénus. Elle porte la date de 1541.

11 — MÊME FABRIQUE. — Petite coupe ronde à côtes et sur piédouche, représentant Vénus et deux Amours dans un paysage.

12 — MÊME FABRIQUE. — Jolie coupe ronde décorée d'un buste de femme, et portant sur une banderolle le nom de : FRANCA BELLA.

13 — MÊME FABRIQUE. — Coupe analogue à celle qui précède. Celle-ci porte le nom de JACOMA BELLA.

14 — MÊME FABRIQUE. — Coupe d'accouchée de forme surbaissée et à couvercle, décorée de sujets ayant trait à son emploi, et à bordure de grotesques sur fond blanc.

15 — MÊME FABRIQUE. — Coupe ronde à bossages, décorée d'un sujet tiré de l'Histoire romaine. — Le piédouche manque.

16 — MÊME FABRIQUE. — Coupe ronde à bord légèrement évasé, représentant Diane surprise au bain par Actéon.

17 — MÊME FABRIQUE. — Coupe ronde décorée d'un sujet tiré de l'histoire de Philomène.

18 — MÊME FABRIQUE. — Joli petit plat rond décoré d'un sujet mythologique. Il porte au revers l'indication du sujet.

19 — MÊME FABRIQUE. — Autre petit plat rond représentant Loth et ses filles dans un paysage. Il porte également au revers l'indication du sujet.

20 — Même fabrique. — Petit plat rond analogue, décoré d'un sujet biblique.

21 — Même fabrique. — Plat rond et creux représentant l'Enlèvement de Déjanire par le Centaure.

22 — Même fabrique. — Petite coupe ronde repoussée à bossages, à décor à compartiments offrant des arabesques sur fond gros bleu et jaune d'ocre. Le centre présente un écusson armorié entouré de l'inscription suivante : Svora. Anna de Danegli.

23 — Même fabrique. — Deux vases ovoïdes à deux anses à enroulements et mascarons. Ils sont décorés de grotesques sur fond blanc.

24 — Même fabrique. — Coupe ronde à godrons en spirale décorée de grotesques sur fond blanc, et d'un portrait de femme au centre.

25 — Même fabrique. — Grand plat rond décoré d'arabesques et de grotesques sur fond blanc, et offrant, au centre, un médaillon rond représentant Vénus dans un paysage.

26 — Fabrique de Pesaro. — Plat rond à décor à reflets métalliques. Au centre, figure de saint Gérôme en prières, et imbrications au bord. Collection de Valdrôme.

27 — Même fabrique.—Plat analogue à celui qui précède. Il offre au centre une figure de saint François, et le bord est décoré à queue de paon. Collection de Valdrôme.

28 — Même fabrique. — Joli plat rond à décor à reflets métalliques mordorés et bleu nacré. Au centre, figure de femme jouant de la mandoline, et ornements fleuronnés au bord. Collection de Valdrôme.

29 — Même fabrique. — Autre plat rond à décor à reflets métalliques. Au centre, figure de femme debout tenant un cœur couronné; au bord, imbrications et palmettes. Collection de Valdrôme.

30 — Même fabrique. — Plat rond offrant au centre une figure de cavalier au galop et des ornements variés au bord.

31 — Même fabrique. — Plat analogue à celui qui précède. Il offre au centre la figure de saint Georges terrassant le dragon.

32 — Même fabrique. — Autre plat rond de même style; au centre, figure de sainte Catherine.

33 — Fabrique de Deruta. — Petit plat rond à décor à reflets métalliques à palmettes et ornements, et offrant une tête de femme au centre.

34 — MÊME FABRIQUE. — Joli plat rond à décor à reflets métalliques, à imbrications et ornements au bord et à buste de femme au centre.

35 — FABRIQUE DE LA FRATA. — Petit plat rond à décor gravé sous engobe et émaillé jaune et vert. Il offre au centre un écusson armorié et des ornements au bord.

36 — FABRIQUE DE FAENZA. — Petit plat rond; au centre, buste de femme sur fond bleu et ornements variés en jaune et bleu au bord.

37 — MÊME FABRIQUE. — Bassin rond à bord plat, décoré de rosaces et de fleurs en bleu et jaune sur fond blanc.

38 — FABRIQUE SICULO-ARABE. — Petit plat rond à décor d'arabesques à reflets métalliques sur fond bleu.

39 — FABRIQUE HISPANO-MAURESQUE. — Petit vase à deux anses et à col droit, à décor d'oiseaux et fleurs à reflets métalliques.

40 — MÊME FABRIQUE. — Plat rond de décor analogue.

41 — MÊME FABRIQUE. — Autre plat rond à feuillages en relief au bord et à décor à reflets métalliques sur fond blanc.

42-44 — MÊME FABRIQUE. — Trois plats ronds analogues à celui qui précède. Ils seront vendus séparément.

45 — Fabrique de Castel-Durante. — Grande coupe
ronde et profonde sur piédouche, décorée d'entrelacs en
bleu sur fond blanc, et offrant à l'intérieur une figure
d'Amour dans un paysage.

46 — Même fabrique. — Deux vases de forme ovoïde décorés de fleurs sur fond gros bleu et de médaillons de
saints personnages.

47 — Même fabrique. — Vase de forme ovoïde à deux
anses, décoré d'arabesques fleuronnées en jaune et
rouge sur fond craquelé gris.

48 — Fabrique italienne. — Plateau rond sur piédouche
à décor à reflets métalliques bleu nacré et mordorés,
rehaussé de bleu. Il offre au centre un vase de fleurs
et des oiseaux, et le bord est décoré de rosaces et d'entrelacs.

49. — Même fabrique. — Grand plat rond représentant un
sujet tiré de l'Histoire romaine.

50 — Fabrique de Castelli. — Plateau rond sur piédouche représentant le sujet de Suzanne et les Vieillards,
et portant un écusson armorié.

51 — Même fabrique. — Petit plat rond décoré au centre
d'un groupe de figures; bacchante, femme et amours.
Le bord offre des rinceaux et des figures de génies.

52 — Mème fabrique. — Petite coupe ronde décorée d'un groupe de figures. Cadre en bois noir à moulures et bronze doré.

53 — Mème fabrique. — Coupe analogue à celle qui précède. Le cadre de celle-ci est moderne, et il est garni de pierres diverses rapportées.

54 — Mème fabrique. Assiette ronde représentant au centre un groupe de figures en costumes du xviiie siècle, et au bord des figures de génies et des rinceaux.

55 — Mème fabrique. — Deux tableaux représentant des paysages. Cadres en bois sculpté et doré.

FAIENCE DE MARSEILLE

ET GRÈS

56 — Fabrique de Marseille. — Jolie soupière ronde à anses et couvercle ornés de branchages et reposant sur quatre pieds bas. Elle est décorée de paysages avec figures dans le style des maîtres flamands.

57 — Grès de Flandre. — Grande cruche à dessins en relief réservés en gris sur fond bleu.

58-60 — Grès de Flandre. — Trois petites cruches, qui seront vendues séparément.

PORCELAINES

61 — DEUX JOLIS PETITS VASES en ancienne porcelaine de Chine en forme de balustre à col évasé. La panse est réticulée à jour et le col est décoré de fleurs.

62 — QUATRE TASSES hautes avec soucoupes, un sucrier et un plateau en ancienne porcelaine de Chine à décor de style européen émaillé en couleurs.

VITRAUX

63 — SIX CHASSIS pour croisées garnis chacun de trois vitraux anciens représentant des sujets variés et des écussons armoriés. Ce lot sera divisé.

64 — LOT DE SIX PANNEAUX de verres incolores de travail moderne.

OBJETS VARIÉS

65 — GRAND ET BEAU PLAT vénitien du XVIe siècle, en cuivre jaune entièrement couvert de riches gravures à ornements variés.

66 — PLAT ROND en étain d'ENDEREIN, décoré de figures allégoriques et d'ornements en relief.

67 — Coffret rectangulaire décoré de rinceaux et de dragons ailés en relief exécutés en pâte et dorés. Travail italien du xvie siècle.

68 — Quatre bas-reliefs en plomb représentant divers travaux d'Hercule, xviie siècle. Cadres en bois noir.

69 — Quatre grandes et belles Miniatures sur vélin. Reproductions très-soignées d'un manuscrit italien de la fin du xve siècle. Cadres en bois noir.

70 — Manuscrit in-8° sur vélin du xve siècle; Heures de la Vierge, enrichies de petites et grandes miniatures, de riches encadrements d'arabesques et précédées d'un calendrier; reliure en velours grenat avec garniture en argent repoussé et ciselé.

71 — Plateau et Burettes en verre de Bohême, garnis de fleurs et d'oiseaux rapportés en argent gravé et découpé. Travail italien du xviie siècle.

72 — Deux Flambeaux italiens en bronze formés de vases supportés par des animaux fantastiques. xvie siècle.

73 — Petit Groupe en bronze formé d'une figurine de génie, assis sur un balustre orné de mascarons en relief. xvie siècle.

74 — Petite Pendule allemande, de forme carrée, en bois d'ébène et cuivre gravé et doré, xviie siècle.

75 — Boite ronde en ivoire sculpté à sujet de bacchanale sur le couvercle et offrant au fond un sujet tiré de l'histoire de Mercure.

76 — Poire a Poudre en corne de cerf sculptée, représentant le sujet du Jugement de Salomon, xvie siècle.

77 — Deux manches de couteaux en bois sculpté composés chacun de deux figures debout.

78 — Ornement hébraïque à double face en argent repoussé à rinceaux et armoiries.

79 — Couvert à manches en jaspe et monture en argent doré. Il se compose de la cuiller, de la fourchette et du couteau.

80 — Tabatière ovale en cristal de roche montée en argent doré.

81 — Drageoir en fer ciselé à ornements et repercé à jour. Époque Louis XIII.

82 — Baton de procession en argent repoussé et ciselé en forme de vase à coquilles en relief. Époque Louis XIV.

83 — Clef en fer à anneau formé d'une couronne de lauriers renfermant la lettre L.

84 — AUTRE clef à tête ornée d'un mascaron ciselé surmonté d'une couronne.

85 — FIGURINE d'Apollon en bronze. Travail italien.

86 — PETIT COFFRET du XVIᵉ siècle à couvercle en toit, en bois noir à décor d'or et à plaques en verre de Bohême.

87 — HAUT-RELIEF en cuivre repoussé à sujet tiré de l'histoire romaine.

MEUBLES

88 — JOLIE BIBLIOTHÈQUE à deux corps en marqueterie d'écaille rouge et cuivre, garnie de bronzes. Le bas est à portes pleines et le haut est à portes vitrées. Époque Louis XIV.

ÉTOFFES

89 — TROIS BEAUX COUSSINS à rinceaux et fleurs brodés en soies de couleurs sur fond d'or. Les angles sont garnis de glands. XVIIᵉ siècle.

90 — DEUX AUTRES BEAUX COUSSINS décorés de rinceaux, brodés en soies de couleurs et or sur fond de velours rouge. Même époque.

91 — Quatre beaux morceaux pour coussins, richement brodés à fleurs, rinceaux et armoiries en soies de couleurs et or sur fond blanc. xvi° siècle.

92 — Quatre morceaux de même travail et de même décor, mais plus petits.

93 — Environ neuf mètres, bandes brodées de mêmes travail et décor.

94 — Très-beau devant d'autel brodé en soies de couleurs, argent et paillettes. Il offre au centre une figure de saint personnage, et aux extrémités des vases de fleurs et des ornements. Dans la bordure se trouve un grand nombre d'emblèmes ayant trait au sacré cœur de Jésus. Époque Louis XIV.

95 — Grand et beau tapis de table ou couvre-lit en velours vert, brodé à rinceaux et oiseaux, et portant au centre le double aigle de l'Empire. xvi° siècle.

96 — Grande bande en satin rouge, décorée d'applications de velours et de soies de diverses nuances, à rinceaux et palmettes.

97 — Bande de velours rouge, richement brodé en or et argent à ornements, rosaces et quadrilles. Époque Louis XIV.

98 — Petite bande de velours rouge, avec ornements rapportés en soies de couleurs, et décorée de deux médaillons : saints personnages brodés en soies de couleurs. xvie siècle.

99 — Petit tapis de table en satin rouge, avec bordure composée d'ornements rapportés en velours vert.

100 — Quatre devants d'autel brodés en soies de couleurs au point dit de Hongrie, à rinceaux, fleurs et oiseaux, et offrant au centre une figure de saint personnage.

101 — Tapis en étoffe de soie carmin, brodée à fleurs et fruits en or. Travail vénitien.

102 — Autre tapis de même style, entièrement couvert de décors d'argent brochés.

103 — Environ dix mètres de lamé d'or sur fond de soie rouge dite armure.

104 — Petit tapis en soie rouge groseille, à dessin moiré en fin.

105 — Environ deux mètres trente cent. d'étoffe de soie à fond vert et pois d'or brochés. Époque Louis XVI.

106 — Très-belle robe du temps de Louis XIV en étoffe de soie gris-perle, brochée à fleurs et rehaussée d'or.

107 — Très-grand morceau d'étoffe de soie, de même travail et de décor analogue à la robe qui précède.

108 — Trois morceaux de velours de soie rouge uni pour coussins.

109 — Douze morceaux de velours à parterre rouge, ton sur ton, provenant de siéges.

110 — Morceau d'étoffe brodée à arceaux et colonnes sur fond blanc. Renaissance espagnole.

111 — Broderie de même provenance ; pièce religieuse entourée d'une inscription.

112 — Deux pièces broderie de même provenance ; ornements semés sur fond blanc.

113 -- Lot de velours rouge ciselé du temps de Louis XVI, ton sur ton, provenant d'une chaise à porteurs.

114 — Deux lambrequins en velours rouge du temps de Louis XIV, ton sur ton, garnis de galons et de franges en soie jaune.

115 — Morceau de velours de Gênes rouge sur fond or ; à dessin fleur de lis florentine.

116 — Deux coupes velours de Gênes rouge sur fond d'or, provenant de coussins.

117 — Deux coupes velours à parterre du temps de Louis XVI, à fond d'or, orné de rayures de couleurs.

118 — Coupes de velours de Gênes, à fond de satin blanc rehaussé de couleur verte.

119 — Coupe de velours de Gênes rouge, ton sur ton, dessin à fleurettes.

120 — Tapis italien au gros point, à fond brun avec ornements et losanges.

121 — Tapis au gros point, fond blanc à ornements et fleurs de couleurs.

122 — Tapis en point dit de Hongrie, à fond vert et fleurs. Travail du temps de Louis XIII.

123 — Tapis en brocatelle Louis XIII en trois couleurs.

TAPISSERIES

124-126 — Trois jolies tapisseries du xvi° siècle, à sujets de personnages et à bordures de fleurs et ornements variés. Elles seront vendues séparément.

127 — Grande tapisserie du xvi° siècle, représentant un sujet allégorique ayant trait à la géométrie ; très-riche bordure à ornements.

128 — Suite de quatre tapisseries du xviie siècle, à sujets ayant trait à l'équitation et à paysages. Bordures à festons de fleurs et armoiries.

129 — Deux grandes portières, offrant un portique à plein cintre au centre duquel se trouve un grand vase de fleurs.

130 — Deux autres portières en tapisserie à sujets allégoriques.

131 — Grande tapisserie de la fin du xvie siècle, à sujet de personnages et bordure à ornements, médaillons, cariatides, etc.

132 — Tapisserie analogue à celle qui précède, mais plus petite.

133 — Grande et belle portière en tapisserie de Beauvais, offrant au centre un médaillon renfermant un chien d'arrêt entouré de fleurs.

134 — Portière pareille à celle qui précède, offrant au centre un écusson armorié et disposée pour plafond.

135 — Tapisserie du temps de Louis XIV, à sujet de personnages et riche bordure de fleurs.

136 — Quatre tapisseries dites verdures avec bordures composées de colonnes entourées de festons de fleurs.

MIRE ISO N° 1
NF Z 43-007
AFNOR
Cedex 7 - 92080 PARIS-LA-DÉFENSE

graphicom

BIBLIOTHEQUE NATIONALE DE FRANCE

****

CHATEAU DE SABLE

1995